# Burdeos

Yoan Miguel Parra

# Burdeos

bokeh ✳

© Yoan Miguel Parra, 2018

© Fotografía de cubierta: W Pérez Cino, 2018

© Bokeh, 2018

Leiden, NEDERLAND
www.bokehpress.com

ISBN 978-94-91515-90-3

*A Rosa María Marrero y Humberto Parra, cuya presencia no alcanzan las palabras.*

*A Gabriel T. Beregovenko y Oscar Morffi, por el habitar poético de esos años.*

# 1. Despertar

Las paredes son blancas. El piso también. Pueden verse los libros de fotografías por todas partes, como si quisieran ocupar el máximo espacio posible mediante un acto frágil de vanidad. Es un apartamento tan acogedor como extraño. Casi no hay viento afuera. No hay ningún reloj salvo el que aparece en los celulares de ambos, pero tu personaje sabe que son las 9 de la mañana. En ese momento El Acuario Nacional y los aullidos de niños entusiastas a la expectativa de un salto de delfín a la señal del aullido del entrenador. Las cortinas azul oscuro y la sábana del mismo color apenas se han movido. Algo de ello te molesta. Algo de tu sudor ha quedado impregnado allí. Te ves buscando a tu izquierda los hombros o la espalda de la ingeniera; cualquier fragmento, ya no importa, pero que provenga de lo que ella como humanidad representa. La ingeniera despierta y comienza a acariciarte. Te mira y sigue acariciándote el rostro. Su mirada es tan hermosa, piensas, e inmediatamente un frío recorre tu espina y se aposenta hábil, debajo de la cabeza.

## 2. Fotografías

Fotografías de Laos y Sao Paulo en una de las paredes blancas. Sonrisas austeras y no tan austeras en cada rincón, en cada resultado del obturador. Amigos, parientes, cumpleaños, visitas. Múltiples signos sin relación respecto a una idea o centro, porque están hechos para expresar la soledad de un lenguaje ritual. Una familia feliz en Los Pirineos y el cerco abismal. Barthes. El grado cero de la escritura. Lo que fue y ya no será más.

# 3. LUGARES

Te dices a ti mismo que todo está bien y la sonrisa de la ingeniera antes de levantarse a preparar el té sin azúcar del desayuno te muestra quizás que para ella todo también está bien. ¡Zas! La niña pelirroja aparece jugando entre flores azules y te pregunta por qué tuviste que ser tan estúpido. Esto ha ocurrido cada fin de semana. Cada fin de semana de esta primavera siempre calurosa de La Habana: paseos por el mar, el Museo de Bellas Artes, el Casco Histórico, la catedral de San Francisco, la Iglesia Ortodoxa Griega, Calle Obispo, la Lonja del Comercio. Lugares que te escupen en la cara la confirmación de los silencios viscerales de la ingeniera. Al final de la tarde la ves ahí echada en su cama, en su cuarto de paredes blancas. Gracias al sueño los labios se descubren ahora en toda su inocencia. No has visto labios tan jodidamente desprovistos de la suciedad del mundo como estos. Riqueza única. El espejo refleja una forma que hubieras querido desear en otra época mientras juegas a los escondidos sobre un árbol de almendras. ¿Es este retornar la felicidad?

## 4. Angustias

Un médico le había recetado medicinas para los nervios… La respiración tenue a inicios de mayo… La ultraderecha no llegó al poder en Francia… Un antiguo almacén de madera… Su mirada hermosa, tan hermosa si te detienes bien, ha despertado a tus angustias del sueño perfectamente preparado. «No te preocupes», te dice riendo antes de montarse en el ómnibus y entonces hay gusanos amarillezcos que brotan de su piel, las uñas y sus labios. ¡Zas! La niña pelirroja con su sombrero posa alegre ante la cámara y te pregunta por qué tuviste que ser tan estúpido. «No te preocupes». Vuelves a verte debajo del puente siendo masturbado por una vieja clarinetista en medio de estiércol enmohecido. Alguien que parece de Burdeos te observa con curiosidad, a lo lejos.

## 5. Pasado

Luyanó, 4 de la tarde. Tu yo trabajado por la cultura está viendo una película sobre el atentado perpetrado al carnicero de Praga. Se deslizan, sin embargo, las paredes blancas, el té sin azúcar y los libros de fotografías. Tu confiado personaje se asegura no dejar escapar un solo motivo fundante de esa forma limpia de mundanidad mil veces recreada. (La granada fue lanzada cerca del auto). Acrílicos y la imagen desenfocada de dos desconocidos conversando. Hay un mapamundi de color naranja a la derecha: empiezan a estudiarlo. Hablan de una playa, sonidos, etcétera. «Cómo ha sido posible esto». Ya no quieres recuperar nada. (Heydrich a pesar de estar herido ha bajado del auto y ha disparado a sus atacantes). El sueño sigue siendo el mismo. Un corredor estrecho invadido de agua similar a una pecera gigantesca donde cierta irreconocible figura que podrías ser tú va nadando a través del pasillo aguantando la respiración, a la vez que observa a cada lado entre puntos lumínicos los retratos bien reconocibles del pasado: bofetadas, gemidos, luego caminatas por el parque, el hilo delgado de agua escurriéndose por una cintura pálida, más adelante el hilo hasta el glúteo enrojecido, restos de palabras que no hallan su lugar, una laptop gris, restos de dulce sobre la cara de una niña de pelo negro, el detective con jeans, luego la herida por culpa de la almendra, una fiebre imposible, la pequeña ratita huyendo de la lluvia debajo del restaurant, el ojo detrás del ojo temblando de orgullo y de frío, la camisa que ha regresado a casa sin la pañoleta, más meriendas y al final del corredor un vaya, a dónde fuiste, *I will always love you*, hace falta más pan en esta mesa, un filósofo vomitando en una cama sus pulmones, el tiempo de la aguja imponiéndose, la cara embarrada de dulce más hermosa del mundo. Sabes que pudieras ser un hombre transparente si tuvieras la capacidad de salir del puente, del estiércol y sostener la mirada que te llama, la mirada desnuda que te grita ferozmente como los gritos de la vieja que cuida el baño de la facultad de filosofía, como suele ser también, en su profundidad, el grito de los peces. (El arma se había encasquillado).

# 6. Noticias

Noticias mundiales. Mi personaje en el sofá reproduce deliberadamente el escenario presente y el que vendrá. Jugos, mantequilla, tostadas, etcétera. El cuadro siempre dispuesto. No son 750 sino 200 000 los opositores en Venezuela. Un poema sin palabras, etcétera. Ella está en la cocina. Ha abierto la ventana para dejar entrar el aire de mediodía. Mientras prepara la pasta con ají y cebollas va descubriendo un grupo armonioso de partículas que sin duda no pertenecen a aquel lugar y que la sitúan a ella, a nadie más que a ella, ante su nación insospechada. Dos atentados terroristas en Londres dejan varios muertos y más de 50 heridos. Más noticias mundiales. El niño regresa a casa con la cabeza en alto cargando otro niño en sus brazos y sin la pañoleta.

# 7. Disonancia

Hay un animalito con pelos en la nuca y rasgos humanoides que vigila un campo de tenis de 9 a 11 de la noche en un barrio residencial habanero. Lleva consigo religiosamente al lugar de trabajo café y pedazos de panetela elaborados por él mismo. Este animalito no tiene más que pelos detrás del cuello y se queja cada vez que puede (cuando vigila el campus por la noche) de no pertenecer ni a la especie animal ni a la especie humana. A fin de cuentas, reflexiona, no encajará en ningún lugar. Esto por supuesto, dibuja una gran dificultad o un dilema serio existencial sobre todos los ámbitos de cualquier vida consciente, incluso en un animalito medio humano como él.

# 8. Inquietud

Mi intervalo de respiración no ha cambiado desde hace una semana. Tal vez, digo para mis adentros, sea algo sin importancia. Mientras bajaba por la calle 25, después de la lluvia, he visto a un joven alto, flaco y moreno con trastorno mental que era ayudado por sus padres a andar, porque evidentemente no podía valerse por sí mismo. Sus ojos se dirigían a ningún lugar, todo lo veían pero jamás se detenían en un único punto. El joven llevaba un pullover que tenía estas palabras en su espalda: no más secuestros, no más asesinatos, no más muertes, no más FARC-EP.

## 9. Persuasión

El animalito lee algo de Stendhal mientras vigila. Su corazón se mueve muy lento y él continúa dudando si a ciencia cierta él es un alguien o una cosa. Sólo sabe con certeza que vigila. Sólo sabe que hay el espacio parecido así como a un campo de tenis en un barrio especial de La Habana y que tiene que vigilar. Esa misma noche en Burdeos alguien debajo del puente principal acude a una clarinetista con pocos dientes en la sección superior de la boca, para que alivie la suciedad universal de la que es objeto su vida. Ese alguien se deja persuadir por las manos embarradas de moho de la virtuosa músico y se recuesta muy cerca de la anfitriona para sentir la limpieza bien merecida en relación a todo aquello que está fuera o más allá del puente. El estado islámico acaba de autoproclamarse como causante de los asesinatos en Londres… Otro medio digital confirmó una hora después la eliminación de tres de los extremistas por la policía…

## 10. Repetición

Es sábado y me veo de nuevo tocando la puerta de la ingeniera. Desprendido de todo, incluso de mi desprendimiento (Blanchot). Varios charcos de agua me rodean y van acumulándose en el suelo. Está lloviendo todavía. La llamo al celular. Me abre desde adentro. (El ascensor ha hecho el mismo recorrido y lo imagino todavía detrás de mí). Abre sonriente la puerta y tomándome de la mano me lleva al no lugar que se lo traga todo y que devuelve todo de nuevo. La condena a la repetición y sin embargo soy incapaz de moverme al interior de ese campo abierto inhabitable que se deja ver sólo por quien ha decidido aniquilar su origen y desaparecer en aquel. La imposibilidad infinita durmiendo sobre mis pies en pleno día, la sangre espesa en medio del resto de fluido indetenible y decido ir al balcón. Sin embargo, ella aparece por detrás, me abraza, me respira infantilmente encima y no quiero moverme. Sin embargo ella te abraza por detrás, deja escapar un gemido y quieres que la escena devenga grado cero. Tu personaje te grita al oído «un latido más por favor» y te abandona del cansancio.

Moldéame, disemíname, demuéstrame, desearás decirle, aplaude pero sácame de la escena, guíame como prefieras a través de resentimientos, mordeduras, cavilaciones y espesuras. Guíame de la manera más fina si así lo quisieras, hasta el borde de tu nación insospechada tan alegre y sola jugando a los dados.

## 11. Disonancias II

El animalito ha dejado el libro de Stendhal y, preguntándose intensamente por qué sus miembros humanoides no tienen pelo, se ha acostado en el terreno de juego para ver una película donde aparecen dos personas muy humanas conversando ante un mapamundi. Es un hecho que también ha traído su pequeño televisor para no aburrirse por la madrugada. Pasan los días y los días. Nuestro ser especial con pelos en el cuello, que por demás duda (lo que lo hace ser aún más especial), entonces percibe que no ha terminado el horario de vigilancia, que no terminará, que nunca ha arribado al lugar, que nunca se ha marchado.

## 12. Fantasmas

No vale la pena pensar la ausencia en la escritura ni en la experiencia real. Como no vale tampoco una huella en la experiencia real como escritura. (¿Gramatología, Derrida?). Se habla de un espaciamiento entre los signos, un distanciamiento (Derrida) y un filósofo en este instante en el hospital Calixto García pide un coma inducido. ¿Necesita la ausencia de una materialidad? El hecho de pensar implica de todas maneras morirse. Cada vez que piensas estás muriéndote e incluso sin prevenirlo te quedas ciego. La posibilidad de la ceguera: sobre el rostro rojo ardiente de la ingeniera ha brotado el fantasma real de su nación insospechada. La Habana esa noche, como en todas las noches que están por nacer, persiste gracias a su decadencia y te acostumbras al paisaje. Puedes acostumbrarte a todo, menos al fantasma.

## 13. IDEOLOGÍA

En Baltimore, un escritor mediocre y por demás latinoamericano ha sido atropellado por un autobús al mirar entretenido un objeto brillante en la calle. En el hospital cercano a su casa, en el segundo piso de cuidados intensivos, tiene un sueño donde es un actor disfrazado de gatito que debe salir justo ahora ante el público en una obra de teatro que versa sobre la ideología como falsa conciencia. Sale eufórico meneando el cuerpo y el público también eufórico le pide: ¡más espectáculo!, ¡más espectáculo! No sabe hallar el nexo con la ideología pero igual continúa moviéndose, meneándose, retorciéndose. Al minuto siguiente despierta. Tiene en su haber varios cuentos publicados pero el éxito verdadero nunca apareció. O él considera para sí mismo que nunca apareció. Al menos está arreglada la estufa del apartamento, piensa. Quiere levantarse, quiere volverse un actor que encarna gatitos, le entran deseos de escribir algo, pero no puede.

## 14. FRAGILIDAD

Una silueta borrosa hace su entrada en la habitación y añade otro antibiótico a la bolsa de plástico. 10:07 am. La pantalla que exhibe la realidad ahora es más estable. El cuarto entero comienza a nacer poco a poco: el piso gris, los sueros, los azulejos, las lámparas delgadas y varios viejos apagados por la vida que abren la boca como si los hoyos de la nariz no fueran suficientes para procesar el aire. El escritor ve aquello y siente que a él también le falta el aliento. ¿Quién le dará mantenimiento a la estufa ahora? La pregunta que nubla su cara, su pecho, en fin el cuerpo entero y su mejor amigo hace el amor de manera irracional con una desconocida de sonrisa azul antes de ir a visitarlo, esa noche, al hospital.

## 15. TRAGEDIA

> Desde ese momento el instante de mi muerte
> siempre estuvo pendiente.
>
> Blanchot

El asedio infinito —es obvio— colgando de la espalda, las comidas del día y los pensamientos. El asedio del grado cero, donde vivir ya es de por sí la tragedia consagrada. Un lector en silla de ruedas ha dicho respecto al tema que es más trágico no reconocer uno mismo que uno vive de esa manera. ¿No hay salida a la propia condición? El sonido perdido de una ambulancia que se aleja alcanza el segundo piso depositándose suavemente en algunas camas, bocas abiertas y oídos. Una pareja de diplomáticos cubanos haciendo *fitness* en Central Park aseguraron haber visto a John Lennon. El escritor ha decidido vivir el asedio como única posibilidad de victoria. El escritor ha decidido esperar.

# 16. Lógica

Abro los ojos. Ella levemente ríe. Me acaricia. Voy al baño y me lavo un poco la cara. Nos vestimos. La ayudo a preparar el desayuno. Afuera el Acuario Nacional con sus aullidos. El mar desde un horizonte bastante cómodo. El guardia con la camisa blanca semidormido vigilando la entrada del edificio y el sonido lejano de un auto pasando por la calle 3ra que, no sé por qué, imagino de color azul. Esto es el amanecer de un mes de mayo de 2017 en el barrio residencial Miramar.

Lo Real. Las clases de filosofía en la Universidad de La Habana apenas me alcanzan para los gastos del día a día. Dependo aún de la mesada que me da mi padre que, por trabajar en turismo, gana mucho más que yo. Situación harto irracional. Me he graduado hace un mes de licenciado en Ciencias de la Religión, en un Instituto Superior de Estudios Religiosos en el Vedado. Con el título pudiera trabajar en el extranjero como profesor. (El Diploma no es reconocido en Cuba). No obstante las opciones laborales disminuyen con el tiempo dentro y fuera de la isla. Todo se reduce a irse, o dar la batalla aquí muriendo en el intento. Mis amigos se han ido y los que quedan no quieren más que partir. Estoy en un punto neutro que pudiera ser una playa en calma con niños a mi alrededor jugando y donde, al levantar la vista, soy incapaz de ver un final. El dinero empieza a cobrar una importancia tal en mí como nunca hubiera pensado.

# 17. Lógica II

Lo Discursivo. La verdad no es localizable. La verdad eternamente se encuentra en relación. Una relación, pudiera decirse así, de otredad. Puede añadirse, no obstante, que algo se transforma en una mentira cuando tomas la opción de creer. Lógica deductiva: algo deviene verdad cuando dejas de creer.

## 18. Sacrificio

Ella no ha vivido este purgatorio. No le toca. Este letargo es mío solamente.

## 19. Desvanecimiento

El escritor recordaba cierta plática con un amigo de juventud. En dicha plática el amigo le comentaba que otro amigo sí había sentido el peso de lo humano. Resulta que este otro amigo se ganaba muy bien la vida diseñando muebles para el hogar, con una exquisitez y arte sorprendentes. Los diseños de este joven mayormente remitían al minimalismo como tendencia central. Poco a poco el estilo minimalista tropical, comenzó a ser conocido. Incluso tuvo el artista la posibilidad de viajar a New York para una exhibición y venta de sus sillas y juegos de sala. Un buen día conoce a una chica. Se enamoran, se formalizan, se casan, viven juntos, luego de un lapso tienen un hijo, hacen más planes, se mudan a una casa más grande, compran un perro, el dinero ya no alcanza para la multiplicidad de planes, él busca más ofertas y clientes donde llevar sus diseños, es distribuido así cada centavo para cada plan, viven así de corrido, termina sin embargo, cada plan plenamente satisfecho, y un día el joven despierta como siempre, se sienta frente a la mesa dispuesto para la próxima maqueta y no entiende de repente la idea dibujada sobre el papel. Continúa sin embargo. Pasadas tres horas termina concluyendo que no tiene la más mínima idea de lo que ha esbozado allí. Lo intentaré mañana, dice para sí. Al otro día ocurre lo mismo, y al otro, y al siguiente. Puede entonces escuchar el llanto del bebé en el cuarto de al lado. Se da cuenta que ya no puede producir, que sólo tendrá ante sí hojas en blanco. Los gritos de su chica, quiero decir, de su mujer, comienzan. Varios planes han quedado sin realizarse.

Él descubre pues, la verdad como templo. La verdad como el único templo.

Un amigo tenía otro amigo que diseñaba muebles de confort para el hogar.

## 20. COLORES

El campo de tenis en plena desolación. El animalito, con su estirado hocico que recuerda el de un oso hormiguero, está dando zancadas dentro de un matorral aledaño a la cancha, buscando en la tierra húmeda insectos de color blanco para acompañar dignamente el café. No quiere perderse una novela humana que transmiten a las 9. No entiende mucho el lenguaje de sus personajes pero le parecen muy limpios y lindos, es por eso que los ve cada noche. Encuentra tres insectos y se sienta frente a la pantalla. Puede oír las discusiones de una hija con su padre en el hotel detrás del terreno. Lo discursivo: la hija le dice al padre que es un bruto, un desconsiderado y el padre le grita que es una jodida mantenida, que por ende tiene que callarse la boca. Lo real: Una lucha por la posición social en una estructura familiar decadente. El animalito se ríe de ellos, no obstante al cabo de unos minutos se molesta porque ya no escucha bien la novela. Del otro lado de la ciudad, en el suburbio, una niña juega con su madre y decide bailar un pirué enfrente de ella. Kubrick. Los colores del mundo real sólo aparecen como reales cuando los miramos en la pantalla.

## 21. Manifestaciones

Un bar cerca de la Universidad. Sábado en la tarde. Le ha comprado un vaso de limonada frapé y continúa mirándola patéticamente. Ella ha tomado el limón y lo ha disecado con la boca. Me gusta el limón, dice, casi como para justificar la desaparición del cítrico. La fina cáscara desechada sobre la mesa ha tomado la forma de una espiral en sus manos lúdicas. Casi no hay gente en el bar. Él también observa la espiral casi perfecta y encuentra allí largas caminatas, aviones despegando, camisas de cuadros rosados, juergas a las dos de la mañana, un piano en silencio, los reflejos… el reflejo de lo que no es él. (En la otra mesa le han servido una cerveza Heineken a un viejo de barba blanca con sombrero). La espiral otra vez en acción angustiante y los rasgos perfectos de todos los que no fueron él besan sus hombros, sus vísceras. Los rasgos que vagamente él sintetiza, que inútilmente él representa de todos los que no han sido él. De repente, afuera, ha comenzado una lluvia de manera débil y ambos se percatan alegres del acontecimiento volteándose para verla caer.

## 22. Sueños

Domingo por la noche. Mi amiga Isabel ha llamado para contarme que ha tenido un sueño donde ella es una niña que siente miedo de un payaso torpe con una nariz muy roja (Isabel tiene el pelo rojo vino y el cuerpo sin mucha consistencia). El payaso hace bromas —me dice— se ríe estrepitosamente, pero no confío en él. Todos los niños que aparecían en el sueño lo adoraban pero yo no. Luego del show el payaso desaparece, continúa diciéndome, y descubro que está en la cocina metiéndosela por atrás a una mujer joven con vestido de ovalitos rojos que tiene el rostro de mi madre. En el fregadero una langosta viva de color rojo retorciéndose también. Rojo, rojo, rojo. Quizá quieras escribir eso, dice terminando su relato. «Lo curioso es que mi madre ya está muy vieja». Pudieran haber allí dos miedos, prosigue denunciando su mirada: el miedo inmediato y el miedo que se cultiva, el miedo como proceso. «Estoy con un muchacho editor y cineasta muy inteligente que me hace feliz». «¿Quieres ir mañana con nosotros a la Fundación Ludwig para una exposición?». Estoy sin fuerzas, acabo diciéndole, vayan a divertirse ustedes.

## 23. Sueños II

Camila, mi compañera de la clase de inglés, hace unos días me dijo que soñó con su perrito preferido. Al perrito se le desprendía una pata y no soltaba sangre alguna.

## 24. Sueños III

Un albañil que vive en la ribera de la línea del tren que atraviesa a esta ciudad sin nombre, ha soñado que es una casa. Ha soñado que no tiene brazos, ni pies, que sólo es una casa bonita, con jarrones de Japón en su interior, butacas y señoritas afuera cortando hojas secas del jardín. Una casa burguesa, para ser exactos. Está riéndose ahora en la cama. Ya no hay autos o transeúntes en la calle. Sigue allí recostado, soñando.

## 25. Sueños IV

Una mexicana ha soñado con la sombra de un autor en una calle húmeda del Zócalo. La simulación de autor cada vez más cerca de ella va confiándole que es un poco tarde pero que eso no importa.

## 26. Sueños V

Un chino ha soñado que ha dejado de soñar y se ha lanzado del último piso del Hotel Colina. Determinada multitud se junta para el goce visual de la escena. Tiene la camisa blanca ensangrentada y un pantalón de kaki. Los enfermeros lo introducen dentro de la ambulancia y los peritos tiran fotos. Poco a poco el gentío desaparece, y el chino es olvidado. Cierto joven miope ha tomado con su recién estrenada cámara buenos ángulos del cuerpo destrozado. Los cubanos son seres que olvidan muy rápido.

## 27. Inconsistencia

Se repite el cuadro. Una muchacha que te abraza por detrás sin decir nada, con el mar bastante cómodo en el horizonte, entonces no quieres moverte. Una muchacha que te observa desde aquella profundidad que sólo es posible que nazca de los ojos de una madre ante un hijo enfermo y te pregunta luego glacialmente «cómo estás». «Cómo estás», aparece la pregunta en una morada que no es la tuya y que no se molesta en preguntarte si la habrás habitado. El aire es más frío en la habitación. La ingeniera te pide soñolienta que apagues el *split*. Tu infierno ya no exige la caricia de un diente y te sientes caer ahí, entre los dos sudores, la imagen del espejo y los pelos grasientos regados indistintamente en la sábana azul. No puede haber infierno al final, dice antes de cerrar los ojos. Pizarnik. Una muchacha que ha hallado la máscara del infinito.

## 28. Madurez

El personaje que aparenta escribir está sentado en la sala de su casa. Toma una cerveza. Repasa dos, tres, cuatro fines de semana mientras lee una diletante novela de Jorge Edwards. El amigo de hace muchos años ha llegado por fin y desde la puerta sólo se le puede escuchar la frase «Mira esta sociedad, mírate, yo tengo en cambio una mujer que hay que preservar». El personaje levanta la vista del libro. No tienes idea de lo que es la madurez, continúa diciendo. En ese momento el pasaje de la novela de Edwards describe un diálogo entre un infante y un cura sobre la personalidad de Unamuno. El cura está enfadado por la insensatez de su alumno de teología de intentar defender las ideas del filósofo español. Hablan, gritan después, pero no se ponen de acuerdo. Al amigo de años se le ve aún gritando algo relacionado con su mujer. El que aparenta escribir permanece en silencio. Afuera en el pasillo del edificio hay un tipo pregonando yogurt. «No sabes nada». «No existe cosa más seria que mi vida». «Necesitas crecer y tener un hijo». El estudiante, por lo que se deduce de los párrafos siguientes, ha elegido por lo visto seguir investigando a Unamuno a pesar de la histeria de su maestro conservador.

## 29. ESPERANZAS

Sonidos de autos que se escurren en la avenida. Hilera de árboles. Lo único capaz de roer hasta la última de las entrañas es la callada dejación. ¿Qué pudo haber motivado en su opinión, la caída del asiático desde allá arriba? pregunta el jefe de policía al jefe de servicio. El viento despeina las cabezas. Surge la noche casi sin avisar. Dos empleadas del hotel salen afuera y se sientan a fumar un cigarrillo en las sillas del restaurant de la terraza. «El chino tenía un amigo también chino que dormía con él, señor oficial». Hilera de árboles despeinados por el viento de madrugada. La hora de los invisibles. Cuatro empleadas del servicio de limpieza fumando en la terraza con los pies encima de las mesas. Como las criaturas sucias y temerosas que al llegar la oscuridad salen de los escondrijos, de las alcantarillas después que las criaturas poderosas ya se han ido. No hay nada más cercano al olor de la muerte, que la callada dejación. No obstante yo sigo buscando, amor, mi esperanza demorada. Cortázar. Las palabras ahora serán las más inútiles o las más elocuentes.

## 30. RUPTURAS

El niño regresa por segunda vez a casa sin la pañoleta. (Impotencia deificada). «No puedo darte más»... El humanoide animalito en el club de tenis comiendo sus insectos con sus novelas humanas. «Quiero de verdad hablarte pero me hubiera quedado muda»... El jefe de policía escribe en su informe no suicidio e intuye la posible vinculación del sospechoso amigo en la caída del chino. «No es suficiente para seguir adelante»... El escritor de Baltimore tiene mejores signos vitales y ha comenzado a gustarle las caderas de la enfermera del turno de la mañana. «No es decir que no me gusta tu personalidad»... La nariz roja del payaso no ha abandonado a Isabel. «Me parecía injusto seguir así»... La mexicana duerme con la sombra de su autor y no escucha sus propias lágrimas. «Hay un desfase entre nuestras esperanzas en esta relación»... Carcaj vacío. Mi personaje ha vuelto a reificar a tu nación insospechada. ¿Soy mi propia flecha? El albañil ha dejado de reír.

## 31. Soledades

En Burdeos dos hermanitas con flotadores retozan en una pequeña playa al lado de un desierto. «Me gusta quedar sola»… El agua las cubre pero siempre salen a la superficie. Desfase pudiera decirse casi geométrico. (*Ovación*). La enorme frivolidad de un remordimiento sin límites puesto que se enamoraba con cada viaje dos veces por año. (*Risas*). «Hablábamos poco pero también mucho pensaba yo en aquellos lugares»… «Entonces me enseña a Stromae y sus movimientos engolados»… «Escribe que lo siente, que quiere estar sola»… «Y todavía escribe sobre disonancias»… (*Más risas*) «Alguien le confiesa que todo va a persistir como siempre»… Yo hubiera querido morir solo. Morir como el retozo mismo en una playa de Burdeos al lado del desierto. (*Más ovación*) El sofá. El balcón. Las fotografías. Morir en Burdeos o en Australia. La vanidad. Lo necesario es saberse morir.

## 32. Nostalgia

Querida Ana, ¿recuerdas la vez que te cité en el café de la calle 23 y yo hablaba y hablaba y te miraba sin darme cuenta que no mirabas, no hablabas, no estabas allí? Tu padre no dejaba de llamarte al móvil para unos papeles de tu futuro viaje. El miedo. El refresco que debí comprar. Un trasplante de corazón en Atlanta. El turbante azul. Fracasos en blanco y negro. La mejor de las estupideces: Atlanta en imágenes. Ahora estoy escribiendo palabras que no irán a ninguna parte, y me duele la cabeza. La universidad está por cerrar debido al verano. Unos amigos me han invitado hoy a comer arepas. Es noticia el hallazgo ayer de un animalito muerto en una pista de tenis frente a un televisor. Nada más. La lección de no buscar donde no hay, está aprendida. Besos y abrazos.

## 33. MÁSCARAS

Días de junio. Días de fiesta sobre una familia aterciopelada. El perro con su nuevo corte de cola escupe y escupe. Ya falta poco. «Ya falta poco» expresan muy bien los sonrientes en la sala real. La princesa bizantina, en el centro, se prepara para su hora eidética. «No te mueras nunca»… El gesto que se disipa en una habitación al minuto de su nacimiento. El pecho querido. Un viejo apagado por la humanidad en la cima de una montaña bendice con la mano derecha a los herederos. Todo es felicidad. Una de las muchachas asistentes, quizá la más sanguínea, lanza eufórica un cubo de agua a la princesa. «Estoy tranquila, sólo Dios sabe que hice hasta lo imposible»… El resto arrojan flores, besos y máscaras. «Es mejor así para no desgastarnos»… Un fotógrafo visiblemente enamorado saca fotos. La corte entera se apresura a exhibir sus máscaras para el baile de medianoche. Rojas, azules, blancas, amarillas. El perro escupe y todo es felicidad. La princesa bizantina en su vestido bordado y húmedo en cambio sabe, desde la conspiración de su hora eidética, que su máscara no tiene color alguno.

## 34. TEMBLOR

Consider the subtleness of the sea; how its most dreaded creatures glide under water, unapparent for the most part, and treacherously hidden beneath the loveliest tints of azure... consider all this; and then turn to this green, gentle, and most docile earth; consider them both, the sea and the land; and do you not find a strange analogy to something in yourself?

Melville

Es evidente: la sutileza de la oscuridad, blancura al otro lado, lo dicotómico ya eterno y demás. El primer plano de una niña pelirroja con sombrero empalidece. ¿En la profundidad de un túnel? ¿En la limpieza extrema de una habitación en blanco? Pareciera que vivo en el justo medio de lo que devora todo y devuelve todo de nuevo. ¿Quién es ese ego detrás de la analogía? ¿Qué es ese algo en ti mismo? Primer plano de tu personaje persiguiendo un grupo de conejos con relojes en la mano. Especulaciones en rojo y azul. Destellos de oro. Primer plano de la niña ahora sonriéndote: reporte confuso de un autorretrato. Sus ojos de un verde desconocido fijos en ti, no te preguntan y van quemándote la piel con paciencia. La tragedia agazapada en la profundidad de un túnel hecho de pétalos de rosas. El mar y la tierra, ambos, en una llamada telefónica. El hombre de la flor, completamente de espaldas, ha vuelto sobre sus pasos.

Alguien invisible sentado en un parque de New Haven se pregunta si es posible medir la fuerza de un pensamiento asmático...

## 35. Desesperación

La simulación de autor que aparenta escribir se aleja de la computadora, los mismos chiquillos empujando automóviles varados en medio de la lluvia para cobrar unos pesos, el ruido ensordecedor del tren de las 7:15, la calzada convertida en un lago negro por lo llovido y el mal cuidado de las cañerías, una mujer gorda camina entre las aguas oscuras. No soy capaz de situar ante mi vista otra acción que no configure a su nación insospechada.

# 36. Confianza

Curiosa, la ingeniera me pregunta por qué estaba triste esa noche. Le respondo «no es nada, quizás fue la bebida». Podrías en este instante cerrar los ojos y el cielo despejado de un sitio desconocido abrazaría a una comunidad que festeja y come en honor a eso que tú llamas la confianza. Una voz disminuida que sale de su televisor en la sala de paredes blancas repasa los posibles aciertos de Emmanuel Macron. Una muchacha que te acaricia, es demasiado amorosa contigo y luego deja de verte varias semanas.

La ingeniera te hace preguntas, te toca, es tierna contigo y comprende que no hay objeto alguno hacia adelante. Te muerde, te extraña, te hace el amor y sabe de manera fría discernir todo lo que no eres. Viva tu esperanza demorada. Reconoces la zona chiquero y sientes en la sala, como resonancia casi anatómica, lamentos diluidos en un campo de tenis. Aire aplomado. Sabes fríamente que no hablará del juego de tenis y te diagnosticas una segura salvación imaginándote corriendo por un pasillo con escenas lumínicas del pasado.

El clásico enigma deleznable.

# 37. ÉXITOS

El niño regresa a casa sin el símbolo patrio. Cercas de aluminio. Lawton. Luces tibias encontradas. La niña sin uniforme en el Museo Metropolitano de Arte con la cabecita inclinada y los ojos bien abiertos. Manhattan. 1996. Vivir aquí ha de ser una fiesta innombrable (Lezama). Lo único dignamente visible huele a podrido. Casi puede intuirlo la ciudad entera. Zapatos desgastados que han perdido su color verde. Un piso de granito. Artistas performáticos leyendo *The Intelligent Investor* de Graham en el sótano de ensayos. Un vestido verde. Y no es posible recuperar lo que tú has desaparecido. 9 de marzo de 2015. Forclusión que ha venido con siglos de atraso. «... hasta poder sentir la manifestación de un roce a través de tus palabras». No llegó el significado del éxito. El niño ha regresado a casa en completo uniforme.

# 38. Azul

El justo medio siempre despierto… Olga Andreu muerta al costado del edificio Chibás… El periódico describe algo vinculado a la depresión, el teatro, la Casa de las Américas y un nuevo aniversario… El intento de jardín de Calvert Casey… Una muchacha que caminaba en tonos sepia y hablaba ojos azules… Latifundistas en la villa Puerto del Príncipe se lavan las manos y los pies antes de efectuar el castigo… Una señora muy alta y elegante llorando detrás de una ventana… Guías turísticos se alejan descalzos por el litoral… He ordenado mi librero, cientos de libros que se esfuerzan de manera caprichosa por ocupar lugares diferentes al de la vida que los emplea hoy… «Olvida toda posibilidad de ir de pesca»… Estás solo, puedes empezar a decirte, no hay nada junto al sonido del mar o junto al rostro despeinado que está junto al mar… Amigos místicos te felicitan… Las diseminaciones de Jamila, casi convidando al entierro fidedigno de una idea vacía… Una adolescente que esculpía ojos azules olvidada en una plaza de Roma… El latifundista duerme en paz esa noche en la villa porque primero se ha lavado… Andreu se ha lanzado de su edificio y todo sigue perversamente impoluto… «Una muchacha que podía escuchar el azul»…

## 39. Valor

En verdad no hay estufas, no hay hospitales, antibióticos, nada que puedas imaginar como entidades que están ahí para ahorrarte tiempo, salvarte o de forma supuesta ser extensiones amables de tu persona. El valor se basta a sí mismo. En estos casos la consideración del valor desde la diacronía o la sincronía es prescindible. «*So*, si deseas te traigo algunos libros para leer, te ves enjuto y aburrido». El jefe de servicio del hotel esa noche no pudo conciliar el sueño. Flashbacks sin pedir permiso vienen y van arañando la piel, preguntándole al ejecutante cuánto faltará para la redención infantil y el humanoide animalito se burla de la pregunta encaramado en un árbol de almendras. Lo mejor es realizar cualquier inversión con valor añadido. No cabe dudas que he descubierto el oficio de la escritura demasiado tarde. El brillo de cierto movimiento en un restaurante bajo la lluvia lo tapaba todo…

## 40. Sentido

Aparqué el auto en una esquina y allí lo dejé, un tanto temeroso debido a los dos borrachos que se encontraban tirados muy cerca del lugar, supuestamente recomponiéndose de una resaca nocturna. Guardé conmigo, como es usual, el lápiz y la libretica. La temperatura era más bien húmeda y el calor, el camarada que nunca se va. Subí las escaleras del edificio antiguo donde las paredes interiores mostraban graffitis, dibujos improvisados y disímiles confesiones populachas de TQM, te kielo Pichi, las locas de centro habana, mi semental eterno, etcétera. Lo peor de todo era que no sabía con plena exactitud qué estaba haciendo dentro de aquel condominio. Culminé el ascenso hasta llegar al penúltimo apartamento y toqué la puerta. Me recibió en el umbral la figura de una mujer de 50 años. La saludo cortésmente. Ella responde con un leve gesto de la boca. Estoy investigando la muerte del chino ocurrida en el Hotel de enfrente, le digo ante el hueco de silencio que amenazaba con plantarse entre los dos. Ella no responde y el hueco nace. En ningún momento me invitó a pasar. Lo demás no lo recordé hasta que ya me vi conduciendo por la calzada de Infanta. Me dijo que ignoraba si el tal chino había tenido un acompañante o no, que el hotel le era sencillamente ajeno. Usted es una de las que limpia el lobby según me informaron, ¿no escuchó o vio algo anormal en esos días?, le volví a preguntar. Me dijo que no. Descendí los escalones sin apenas despedirme y me metí dentro del auto. Los borrachos ya no estaban ahí. Una sensación de ardor me invadió la boca del estómago, debido quizás, pensé yo, al estrés de las últimas semanas. Al llegar a la casa ni me bajé. Tomé la libretica que estaba en el asiento de al lado y escribí un poema sobre el chino. Entretanto alcé la vista. ¿Qué sentido tiene todo esto? ¿Por qué –vuelvo a preguntarme– ando y desando esta ciudad buscando o adivinando en la cara de las personas las respuestas que quiero anticipar como la música apropiada para mis oídos? ¿Desde qué motivo surge esta ciudad? Cansado, finalicé el poema, cerré las puertas y ventanillas y entré a la casa. Me serví un trago y me senté frente al televisor. En el canal de deportes había un calvo hablando sandeces. Nadie quiso darme datos, nadie sabe nada o se hacen que no saben nada, aunque, al final, si es que hay final, este pueblo no sabe nada de nada. «Alguna vez no tuvo por qué ser así». «El chino»… «La empleada»… «El jefe de servicio»… «El acompañante»… «El animalito»… «La callada dejación»… El calvo acabó por obstinarme y apagué todo, luces incluidas. Me tiré en la cama y pensé en ese instante que gracias a la tipa estúpida de la oficoda había perdido mi dieta de leche correspondiente a este mes.

# 41. Precariedad

Las fotografías tienen la mezquina cualidad de victimizar a las personas, cualquiera que sea su condición. Tienen el poder de victimizar a la imagen objeto y al sujeto mismo a quien han pertenecido. Ínfima cosa puede hacerse sin embargo, con la señorita del sombrero que me regalaste. En la penumbra de un cuarto iluminado la instantánea de 1910 te enseña, te susurra diversos antes y despueses que a estas alturas sólo son algo así como un silencio de cangrejos en mi mano. Coágulos en las arterias de una vida como proyecto, agujeros en el tiempo dirían los físicos, que ya no pueden entretejer los hilos especiales de cierta materia de tu pensamiento oyéndote decir que tu hija se llamará Vera; o aparecer campos de concentración de locuras blancas donde pequeños crímenes desde su rincón también nos admiraban con la boca abierta, atestiguando no sólo el enunciado sino el gesto involuntario muy tuyo de oler de vez en cuando una porción del lado derecho de tu cabello.

## 42. Represión

Antes de conocer en serio lo que sería un hospital, entró esa tarde en un bar bastante chic, repleto de burguesía viciada pero inundado a su vez de pseudointelectuales que gustan de imitar el tono correcto de hablar inglés (no comerse las «s», las «r», etcétera). Sentado en la barra, la estruenda carcajada de una chica flaca del fondo, le trajo como la reposición de una película muda ante sus ojos, las formas elementales procedentes de un paseo por la avenida 72 Oeste, de un encuentro en la biblioteca pública Enoch Pratt, de una jaula de carnes y huesos que protegen a una pizca obsesiva de imaginación. Forma elemental Vera, forma elemental abismo, forma elemental abuelos, forma elemental oxiuro, forma elemental no te mueras, forma elemental Fidelio, forma elemental nacer en el espejo, forma elemental oler satisfecha las puntas, forma elemental dos cuerpos confundiéndose sobre una alfombra elaborada por los dedos tenaces de 50 mujeres tunecinas con las piernas entrecruzadas en el suelo, forma elemental un restaurant bajo la lluvia. Había reunido todos esos fragmentos en la representación del pelo generoso de la ingeniera vencido por la gravedad, ¿y por qué –se cuestiona el personaje– tengo que imaginar viscosamente ese rostro mirándome desde arriba?

## 43. ABISMOS

El sublime matemático de la cascada. El poder naturalizante de una materia anónima (Sarraute). Gente afuera que se pierde para jamás encontrar el camino de vuelta.

## 44. RADICALES

La culpa de todo la tienen los radicales libres. Se preguntaba, en aquel bar, cómo era posible que la simple risa de esa chiquilla hubiera podido desencadenar todo el cúmulo de fragmentos dispersos que acababa de producir dentro de una dimensión que ni él mismo era capaz de explicar racionalmente. Se levantó de su asiento y se dirigió al baño. Orinar en tal ambiente constituía una especie de refugio, un arroparse al interior de una burbuja subnormal y única y que sólo él conocía. Eso fue, querida mía, los radicales. Porque no veía la hora de despertar, ponerme los zapatos y caminar hasta el hotel para recrearte, para renovarte, para inventarte como yo quiero. Salir de este baño, de este bar indulgente para dejarte ser como yo quiero. Porque cuando te invento, todo es más real, más consistente. Dos necesitados debajo del puente principal ya están de pie y gritan ¡*bravo*! Desasosiego. Languidez. Para el caso devienen idénticos. Daba orgullo aproximarse a tu inherente kaurismakismo endemoniado. No te aflijas mi amor. La herida infinitamente potenciada es de los radicales libres. Ellos son los verdaderos culpables.

## 45. Micromundo

Ay, dios mío, si dejara de mirarme de esa forma tantas veces reproducida, si dejara de hablar, de envolverse en tantos conceptos, si tuviera la sangre para halarme el pelo, gritarme cualquier cosa y hacérmelo por detrás; si en este instante tan sólo se callara y olvidara la condenada escritura, la mosquita muerta de su amiga, el colega autosuficiente y me dijera perra, vamos al fin del mundo; si no fuera tan predecible, si yo no anticipara lastimeramente sus movimientos en el cuarto cuando ya nos bañamos, cuando dormimos, si no supiera de antemano cada frase abstracta y estúpida que soltará al aire cuando hemos de realizar un paseo planificado por el centro histórico de la ciudad… Puedo incluso predecir la camisa que se pondrá para cada ocasión que se presente. Es demasiado triste. Ay, mi escritorcito, *why? why?* ¿Por qué te empeñas en anclarte a ese micromundo inexistente? ¿Por qué eres así? ¿Por qué te me antojas tan latinoamericano?

## 46. Paralaje

Hoy me ha llamado Lena. ¿Ah sí, y qué ha dicho?, me pregunta mientras limpia su cámara fotográfica Nikon. No mucho, está molesta al parecer con mi amigo el editor porque no pudo ayudarla con la corrección del proyecto. Todo parece indicar que quiere hacer una maestría en el extranjero, quizá aquí en Estados Unidos, le digo. Tengo la extraña sensación ahora mismo de que no hay oxígeno en el apartamento, no puedo explicarlo. Ha dejado la cámara y me ha mirado como desde lejos. Para venir a verte, ¿no? Por un segundo la frase me pareció que dejaba escapar algo humano. Bueno, además, le digo. ¿Has tomado muchas fotos hoy?, pregunto por preguntar algo. Sí, principalmente en el parque y el palacio de justicia. Hoy te voy a llevar a la ópera, creo que ponen Puccini, te va encantar, le digo. *Of course*, querido, estoy segura que me gustará, después vamos por ahí y comemos algo con un café, me dice. *By the way*, siento curiosidad por leer lo último que has escrito anoche. Claro, te lo enseño cuando regresemos, digo casi para mí mismo antes de abrir la puerta del baño y darme una ducha.

## 47. Lucidez

A la sombra del autor le pareció ver una pequeña figura temblando en la cancha de tenis. A lado del cuerpo que temblaba, un televisor usado. El autor no se movió, pero todo aquel campo continuaba moviéndose fuera de su sombra. Buscó un cigarro pero no lo encontró. Detrás de la pista había un hotel con balcones muy bonitos y jardines colgantes. «No es el objeto es el gesto». Percibió la brisa de la tarde colisionando suavemente en la piel de sus brazos. No pudo evitar quedarse allí sin saber qué hacer con el animalito tirado temblando de frío. A veces resulta algo delicioso el estado interior de contemplación sin ejercer el mínimo de acción. Sintió que podía avanzar, socorrerlo, quizás seguir de largo. Ese día estaba contento de su pantalón carmelita y su camisa blanca arremangada. Se dio cuenta sin embargo, que las cosas no necesitan caer de otro lugar que no sea desde su peso particular. Siguió de largo por la acera aledaña pronunciando en silencio las palabras «zona», «chiquero». Se detuvo y cerró los ojos: le dolía el cuerpo. Alguien a unos metros comenzó a canturrear una melodía de otro tiempo con la cabeza entre las rodillas. El autor de regreso a su cotidianidad se quitó la ropa, compréndase acostado ahora ingenuamente en la cama. Sentido común vomitando azul. (¿Puede vomitarse lo que nunca se ha ingerido?). Cerró los ojos de nuevo. La fiebre había subido demasiado. Despertó totalmente agotado y caduco, por una vez más, en un campo de tenis cerca de un televisor.

## 48. Reporte

Expediente clínico forense nro. 182016. No tenía prácticamente pelos y se alimentaba de insectos, pequeños roedores, panetelas de insectos y café. Varios testigos lo habían visto salir del terreno de juego y perseguir gatos en las inmediaciones de casas residenciales. Pocas horas de sueño. Causa de la muerte: fiebre alta sin una causa determinada.

## 49. Imposiciones

Y allí estabas, recién afeitado dígase corbata de punto dígase desbordante matinal frescura, esperando una señal cuando más intermitente que te condujera al lobby decorado por supuestas confidencias que no piden permiso para ser lo que son. Su desconcierto harto develado como un tipo sin ojos que acude muy feliz al oftalmólogo. El estudiante deprimido ante la firma del cliente. Ellos siguen viendo todo jodido. Ellos son espuma. Rasgos entusiastas por derecho caminan bien lejos de aquí dando la espalda sin decir adiós. «Repellaba las paredes de muchas tumbas»... «Y entre masticar y masticar se contraía sabiamente al recordar la trompeta»... «Fíjate que esto ha sido lo peor»... «Futuro Sheridan Le Fanu de una payasita de 16 años que bailaba para los niños»... «Y allí estaba yo cubierta completa de cemento»... «una autonomía planetaria»... «el pan devorado en otro sitio a restaurar de tantos en el cementerio Colón»... «los dedos grises»... cigarros y hombres elementales»... No es que me moleste tu imposición»... «lo buscado en ausencia tangible»... «la mirada en cada foto»... «pelo como cascada»... «la imposición»...

## 50. TRASCENDER

Proyección de rápidas secuencias de alguien haciendo girar un cubo de rubik sobre la fachada de una biblioteca de Yale en forma de cubo de rubik. Manuscritos y libros raros. ¿Habrá valido la pena escuchar al animalito? El restaurant Polinesio vacío un sábado a las ocho de la noche. Arroces echados a perder hace mucho tiempo. Ven. Acércate. Aquí fue donde ocurrió todo. En la mesa jugueteaba nervioso con las copas, los cubiertos y las servilletas. Su frente no hacía más que sudar y sudar. Gente pomposa con zapatos altos se deleitan alrededor de la gigantesca pared cuadriculada. No me interesa trascender, dice el autor, y cierto ángel amarillo sin capacidad de vuelo deposita un dedo índice en sus labios. «Yo sí quiero hacer cosas que la gente recuerde»… De pronto Carson McCullers. ¿2015? ¿En primavera? Acrílicos de dos desconocidos conversando llegado el ocaso de su hora eidética. Mírate. En esto te has convertido. (¿Noble delirio?) (¿Mapamundi?) La desconocida ahora se muestra para su esperado deseo. Nunca le hizo el amor a su cuerpo: a sus piernas, a sus nalgas o a sus pechos. El tipo pobre «en todo esplendor» tan sólo besaba, penetraba, acariciaba, mordía la sonrisa azul. Gente inexpresiva con ropas caras que no llaman la atención se conmueven alrededor de la fachada.

## 51. Fases

Lo observo y he vuelto a sentir el pliegue en la garganta. Algo débil que intenta alcanzar el centro, sin conseguirlo. Besos desparramados como flores. El lado izquierdo es el final y el punto de partida.

Nunca fue el objeto, sino el gesto. Al yo recibirlo creía apercibir un desmejoramiento de los dioses. Me entraban ganas de tocarlo, de tenerlo, en fin. «Ignoraba que aun guardara tales cosas». Lo sublime cascada. (Entre mar y dientes de perro). «Ya lo tocarás». Trágica discontinuidad.

Fase tres donde todo está permitido.

## 52. Tecnología

Le dicen que vivirá con el Parkinson 15 años más o que puede someterse a una operación de última tecnología para erradicarlo. Se decide por la cirugía. Le visitan sus amigos y familiares más cercanos. El hombre despierta en la sala postoperatoria y no reconoce a nadie.

## 53. DECADENCIA

Testigo delicioso. El jefe de policía, con no todos los bríos que hubiera deseado ha irrumpido de nuevo desabotonándose la camisa. Recuerda haber visto, al entrar, los marcos de la puerta arder en llamas. Ella ya está desnuda. La toma por detrás y sus manos rasgan medianamente los muslos blancos que se han posicionado sin mucho esfuerzo. Se desprende del pantalón, mete el antebrazo entre sus piernas y lo saca empapado. El hotel enfrente. Sudor y ella gime por primera vez al cuarto caderazo. «Tu nombre no va contigo, tú eres Alfonso o algo así»... La abraza por la barriga sin dejar de moverse alante y atrás y olfatea a medias el champú de uva del pelo crespo que cubre casi entera aquella espalda de mármol que tal vez en otro caleidoscopio menos cínico él hubiera amado. Gritos. Ella se gira para mirarlo entre estertores. «En Nueva York desconocen la leche en polvo»... Ruidos innecesarios de la mirada. Aprieta su pelo casi haciéndolo suyo mientras la penetra ahora desde arriba. (El estudio del cadáver en el instituto de medicina legal indicó un forcejeo preliminar). Frases. Suspiros encajados en la resolución que se entremezclan con el olor intenso de cada uno de sus sexos. Sabe como buen funcionario de su profesión, que no es más que pelo común pero el poli ve ahí un sangriento atardecer con el último caderazo. (Nos envuelve un vaho decadente, afirmó, y el viejo diplomático desde su tenue contravisión le dijo: todo se va a resolver). El jefe de policía se sube el pantalón. La actitud de ella de no estar allí, de no ser una con su cuerpo. «Viva el comunismo democrático»... «Amén»...

## 54. Veintisiete

Tengo veintisiete años y todo lo absurdamente maleable aparece doblado con finura encima de la cama. He visto una niña gorda transitar con timidez entre gente riendo y los camellos. Alguien suspiró sorprendido en el trasfondo del Hotel Nacional. «¿Comiste?»… Turistas bailan hasta cansarse, gastan la vida para luego renovarla a golpes de vacío, reproduje con palabras «la ingeniera despierta», respiré azules y sentí insectos calientes revolotear en mi garganta ante la obra maestra. «Era tal el aburrimiento que jugaron al fútbol con el cráneo del fundador de la Cruz Roja»… Tú sabes que no deseé otra cosa que la facticidad más humana. La hora más susceptible de dejarse alargar y ser un silencio de hormiguero fiel a la estructura. «Hay Absoluto porque más bien te mueres antes»… Los que entran entre los 40-50 apenas pueden contarse. Georges Perec, Roberto Bolaño, Chéjov, Pablo Palacio, Kafka, Rilke, Félix Romeo, McCullers, Proust, etcétera. Plano secuencia de un joven delgado con barba de cuatro semanas alejándose de una selva blanca que se aleja de él. «De cierto modo mi padre… » «En diciembre me visitan»… «Y continúas hablando de la pista de tenis»… Tengo veintisiete años y cada cosa susceptible de ser maleada me espera miserablemente con cada sueño del ojo. «Una muchacha que podía oler el azul»… (Barrieron el piso ya barrido como de costumbre). Tengo veintisiete años y me regalo todavía la fantasía ideológica de casi conseguirlo. El tipo salió desnudo del baño… Se volteó hecha un éxtasis para verlo… Absurdamente inmodificada le dirigió una sonrisa… Se contaminó completo de verde… Silencio de naufragio… La vida es maravillosa…

## 55. Respiración

Tenía el pelo castaño claro y la mirada a veces perdida y gris, a veces cansada y azul. Alguien una vez la hizo enorgullecerse de su vínculo indirecto con héroes de La República. Tenía puesta una blusa azul con arabescos floreados en la parte posterior que había usado desde los once años. Un día similar a tantos otros. Estaba muy tranquila fumando cuando oyó el timbre de la puerta-garaje de la casa. Subieron al segundo piso. Entraron en silencio y el fotógrafo visiblemente enamorado dejó los chocolates sobre la mesita de noche al lado de la lamparita de papel. «¿La verdad reducida al espanto?»... «Eso no me lo esperaba»... «Te extraño»... El tipo se despojó de las llaves del auto (porque sin duda tenía auto), del celular y la ropa. «Ese es un problema con una solución muy nítida»... El aire acondicionado estaba encendido desde las nueve por lo que en el cuarto se sentía ya el frío. Antes que pudieran hablar o él pudiera quitarle la blusa de la infancia ella lo ha acostado en la alfombra tunecina y se ha sentado encima. Dejó escapar un quejido por el dolor acostumbrado del inicio y prosiguió moviéndose ahora con la piel más caliente arriba de él, que sigue visiblemente enamorado. «Soy patética: leyendo Carpentier y atiborrándome de chocolates»... «Busco extensiones de ti en papeles de música»... ¿Qué es más hermoso, un mono sabio o un mono vestido de seda? En cualquier caso los dos son comemierdas. La baja temperatura se hace insoportable. Ella dijo me he sentido bien gracias. Del otro lado de la ciudad no se escuchó nada. El tipo apresuradamente le alcanzó desnudo un cigarrillo. *Ella entonces creyó que alguien respiraba afuera.* No quiso pensar, se olvidó muy pronto de lo prescindible y se abrigó con una pequeña manta de cuadros rojos. Él, de tanta felicidad se había detenido a mirarle las piernas con devoción y a detallar los sombreros que colgaban impacientes en un rincón. Un muchacho con la cara distorsionada por la precariedad desciende las escaleras de la casa construida en 1940. Nadie lo despide. Ni el fantasma de los comunistas muertos. Se aleja respirando del columpio en la terraza, de la puerta-garaje, del perro, de los periódicos, de la ventana herméticamente cerrada llena de nidos y excrementos de pájaro. El joven lleva un pullover *navy blue* de cuello Lacoste. En la esquina a dos cuadras persisten las luces rojas de un restaurant de comida tradicional donde un grupo de chinos diplomáticos de camisas blancas comentan la muerte del cantante de Linkin Park mientras pican jamones y quesos con palillos de madera. «Del lado de acá de la ciudad tu pequeña es víctima de nuestro enrevesado aparato burocrático»… «Estresada con el negro de Ghana»… «Leche de picadillo»… «En fin el mar»… «Con un poco de amor sobrevivo»… «Un rojo escalofrío ha impedido que tengamos descendencia»… «Se retorcía al compás del olor de la alfombra»… «Sus senos erizados y mordisqueados en la congelada habitación»… «Congelados bajo la misma antigua intensidad»… Vemos el plano del joven esta vez llegando a su apartamento, sirviéndose un trago y poniendo la tele. En la tele un calvo hablando sandeces. Apaga la luz. «Hablaba sólo en términos de posibilidades»… Le pregunta al techo en medio de la oscuridad ¿Estás cansado? ¿Te gusta tu ciudad? La silueta de lo que parecería un hombre le hace una mueca y le pone una mano de consuelo en la cabeza. «¿No estás orgulloso de tu República?»… «¿De tu ciudad?»…

## 56. Amor

En la carretera pequeños pollos revolotean y corren hacia adelante huyendo del taxi. Pasan cerca de la estatua de un indio esbelto con la mirada directo al mar. El letrero indica Cienfuegos 2 km. Se limpió la nariz pecosa con delicadeza. ¿Por qué sonríes de esa manera? ¿Te has visto en un espejo? No supiste que era la prenda preferida de la Primera Dama. Van buscando el efímero paraíso en la zona central. La niña de ocho años con su vestidito pálido y sucio salió de lo profundo y te ha regalado una flor al borde del camino. No eres nada. Plano medio de una joven de La Habana acostada desnuda oyendo el capricho 24 de Paganini. La joven hecha de mundo tiene el pelo negro y los labios finos. Ha guardado todo para ese momento. Aún le quedan fuerzas. Es injusto, dicen ambos como niños cansados de tiempo porque después de las innumerables lluvias costaba creer. Qué te preocupa si este es nuestro presente. Ella prefiere el agarre fuerte de las manos del autor sobre su cuerpo. Pasan revista sin inducción leves secuencias de lo que no llegaron a ser. Esto no es dolor. La brisa no tiene que anunciarse más arrastrando consigo el polvo de aquel campo de tenis. ¿Capricho del animalito sin color? Veo por primera vez mi sombra en el piso.

## 57. Movimientos

Baltimore. 2014. La miro desde la sala. La sala se conecta con el cuarto-estudio donde ella trabaja. La observo desde allí dibujar con la mano embarrada de aceite negro las fluctuaciones de la bolsa de valores de Wall Street sobre lienzos blancos. Todavía no sé de dónde viene ese aceite. Aunque a decir verdad no me interesa. Me interesa estar ahí sentado contemplando cómo su diminuta figura se exaspera por agigantarse con cada trazo y cómo los ojitos van fijándose en el movimiento real del mercado que muestra la laptop gris. La estoy mirando y pienso en Lena. A ella le da igual que piense en Lena o no. Debería decir algo, pero no lo hago. Debería ir a la cocina y tomar algo, pero me quedo ahí, absorto. La Nikon está temporalmente sin usar en la mesa de cristal que se halla al lado mío. Hay una metástasis de último minuto que responde al nombre de Lena. Una metástasis a distancia que no se conforma con un pedazo, o dos pedazos. (Se oye a alguien toser en los asientos del final). Cruzo los pies y me veo contando el tiempo socialmente necesario para que ella termine el único lienzo que le falta.

## 58. Horizontes

«Resolviendo mis problemas de a poco»… El autor está intentando dormir entre las piedras de un acantilado. Todo se apaga en un segundo a pesar de la luna nueva. Tristeza de caracol negro. La verdadera medida del amor es insultar al otro (Žižek). Tienda de campaña imaginada hace mucho tiempo junto a restos de uva caleta. Ingenieros anónimos se miran dentro de una oficina sin saber qué hacer con sus respectivas tarjetas de presentación. Un grupo de jóvenes caminando por el acantilado son avistados por los pescadores del pueblo. «¿Qué eres tú, la modernidad?»… Desesperación de luz. Dos suizos despigmentados compran sus pastillas para los nervios antes de ir a trabajar. Ya no tienes que cantar, mi amor, aquello que de todas maneras jamás escucharé. «Me salvaste la vida»… El autor recreó dos caballos galopando en el viejo horizonte y se quedó dormido.

## 59. Búsquedas

Lo que se quedará. Una embarcación familiar en las costas de Turquía. Ella todo el tiempo fue la Sophie Podolski de América. Una Sophie Podolski menos frágil y más cínica. Una Sophie Podolski que por ende ha sobrepasado los 21 años y vivirá hasta los 80. El cielo de un azul eléctrico. Todos brindando con champán en la cubierta y una de las niñas pregunta con tranquilidad donde está su dedo índice. «Perdona estas frases extrañas»... Horror. La búsqueda comienza. Vemos al autor esta vez más precario que nunca en un bosque sórdido mirando las estrellas. Tiene demasiados dedos. ¿El fantasma del animalito enamorado entre las almendras? «Nunca había pensado en el valor de la integridad física»... «Una danza que no paras de admirar»... «El jefe de policía agobiado cerrando el expediente»... «Mis padres vivieron su vida»... «Perdona este mal momento»... «Tienes que elegir»... «Nunca había creído en el poder de un instante»... El escritor cuenta los minutos mientras se dirige por Central Park hacia la galería 404. Observa unos diplomáticos cubanos que observan a John y Yoko en uno de los senderos. Tu hora eidética aún está por llegar. Soñé que una madre multiplicada me apuntaba con un revolver al pecho. Shock. Descubriste a tu izquierda la pequeña ensenada que será el inicio y el fin de tu historia. 11 centímetros el dedo colgando de su tendón en la mitad de la escalera de proa. La búsqueda termina. Sin duda fue su segunda puesta de sol ahora por sobre las montañas. Como el latido aquel que siempre les fue imposible ocultar.

# 60. Consagración

Orgullo kaputt. En la galería 404 no caben más personas extasiadas y dispuestas a comprar. Con una chaqueta de cuero negro y justo dos horas antes de sufrir el accidente en plena calle, él está situado delante de uno de los cuadros. *Oil on canvas.* Silencio de morsa en el ambiente. 15 de abril de 1996: Alea agonizando con los primeros indicios de la primavera. Refugio kaputt. (Agonizar con la palabra primavera). No sé por qué pero siempre imaginé tu piel pegada a los huesos en un suburbio de Nicaragua. ¡Salud ente ilustrado! No puedo escribir con el corazón. Imposible después de esto. *Oil on canvas.* Alguien inventó tu sangre para beneplácito de la sed infinita de la humanidad.

## 61. Resignación

Cuarto en penumbras. Ruido de carros y camiones que aparecen y desaparecen. Ruidos que en definitivas, vuelven a su lugar de origen. El reflejo de los focos penetra por la ventana y se divide en líneas oblicuas que acaban diseminándose en el techo. Pocas ciudades en la América española presentaban un aspecto tan asqueroso como La Habana (Humboldt). No hay nada que hacer, dice el muchacho protegido entre las sábanas. Afuera, desde los bancos de la estación de tren se rieron de una actitud sobreestimada. La muchacha ilustre caminando en estado ataráxico por una calle indiferente de una ciudad indiferente que no es La Habana y donde sus pasos han sido doblemente registrados. ¿Por quién? ¿Por qué? Quise en ese momento dormirme pero no pude. Vienen con la risa exterior voces de radio, espejos, alfombras y otras formas elementales. Ella está lista ya para el discurso inaugural. Sólo me queda la niña de ocho años regalándome una flor en el centro del país. En la tribuna le llegan como de lejos componentes leves de las figuras «isla», «filosofía», «calor», «dedos», «fotos» «bienvenidas». Ella no tiene edad. Y no la tiene porque supone la ausencia de tiempo. «Apenas alcancé a retener una zona chiquero, una despedida»… «Apenas duermo»… «Escribí para no fallecer»… Comenzó a hablar calmadamente frente al auditorio y pensó que cualquier nombre era posible: Lena, Charlotte, Ana. Pensó en la luna retratada entre los rascacielos y que el mundo no podía de ninguna manera caber en un grano de maíz. Un pariente suyo había progresado a partir de un par de zapatos. ¿En Estambul? ¿En Burdeos? Aquí se detiene tu paraíso:

temeridad, constancia, espectáculo, capital, triunfo. Adelante avanza, se dijo, 10 000 pétalos de rosas te esperan para salvar del hambre a una expectante y agitada comunidad. «Sálvanos a todos»… Y pudo esa noche dormir.

## 62. Voces

Hablan en la radio pero sus voces no pueden ser grabadas. El micrófono de la cabina no sirve y para más suerte las cajitas de televisión digital sólo captan emisoras de alcance nacional. «Un poeta lo puede soportar todo», dice el escritor, pero no por el vivir poético, lo puede soportar todo porque más bien el cuerpo tiene la misteriosa cualidad de acostumbrarse a todo. Los teléfonos móviles no son tampoco una opción, y la oportunidad de escucharse a sí mismos radialmente se les escapa. Deleuze acerca de Proust. Siempre habrá un signo que traicionará el amor del amante. Te toca andar y desandar este purgatorio piensa el invisible autor, aunque te muerdas el alma en pos de asomarte a un escenario más ingenuo o sutil. Andar como andarías de igual modo por un sendero pegado al mar en tus vacaciones de verano, con la excepción de estar rodeado de termitas y acantilados que aparecen de repente y cierta risa de ángeles amarillos que no saben escoger y donde te cuesta demasiado identificar un sentido con la experiencia de escuchar su reír. Si miraras bien te darías cuenta que todo ha sido grabado. «Signo», «acostumbrarse», «teléfonos móviles», «poeta», «amor». Pura melodía. Lluvia fina de agosto salpicando en tus ojos. Viste un extranjero muerto en la calle y no hiciste nada. Sentiste un animalito agonizando en un campus cerca de un hotel y seguiste caminando. Pura melodía: escuchaste a una chica muerta en una playa. Gente hablando en la radio encendida. Poco a poco van desapareciendo. «El matrimonio es algo ficticio»… La cara de ella oyendo la ópera italiana. Manos tranquilas. La madre multiplicada disparó. Motivos como «ella despierta» «hora eidética», «aceite», «imposición» me ayudan a respirar. *No importa: te pensé en la cotidianidad.* Escuchaste al día siguiente el cadáver de alguien tendido en una playa. Como los brazos ávidos que solían dibujarse en la bienvenida.

## 63. Desfase

Justamente por eso escribes, le dijo con cierto aire de felicidad. En Burdeos un abogado de 40 años ha tenido un infarto. «Estoy aburrida»... Comodidad hecha de agujas y cenizas. En las inmediaciones dos jóvenes esplendorosos hacen ciclismo de montaña. «Este era el plan desde el inicio y lo sabías»... Era verano, en un bar del Vedado y conversaron sobre el placer, el arte, la ginecología. Ella apenas quiso rozarlo. Yo quise que supiera que el autor estaba allí, más sobrio que ebrio escuchándola, dejándola ir tan natural quizás parecido a esa estela que generan cuatro pies inmersos en una ensenada. Estrella de la mañana a punto de metástasis. «No supe a esa hora de la noche la función específica de la placenta»... «Ella dijo estás extraño y confirmé que yo era el único que no había cambiado»... «Te diste cuenta mi pequeña, un desconocido muere del corazón y otros se condensan dentro de la vida»... «Hay un etéreo para otro que es normal»... «Parando taxis»... «No lo pongas así, el verdugo, la culpa, etcétera»... Cimientos de naciones y cimientos. Más de lo mismo. Apagué la computadora y me acosté a soñar con un asno de un cuento infantil llamado Silvestre. Silvestre en el cuento se transforma en piedritas y aunque toda vez enuncia quién es, nadie cree que es un asno, ni sus asnos padres. «Mírame, tengo que hacer algo con mi persona»... «Paramédicos reanimando con epinefrina»... «Dos hermanitas sollozando»... «Dejándola ir tan natural»... El miedo. La ciudad en ebullición. Agujas. Una fina utopía a lo lejos. El poder lo tiene el que tiene la historia a la mano. Los niños por lo menos saben todo el tiempo que Silvestre no es un montón de piedras sino un asno.

## 64. Mentir

El viento vuelve a despeinar los pocos árboles del campo de tenis. Moscas azules. No hay nadie vigilando ahora. Nadie se atrevería a vigilar ahora. Un pequeño de apenas un año me habló perfectamente la otra noche: el policía, la desconocida, la empleada del hotel, la ingeniera, el chino muerto no pudieron enseñar más que la realidad pero tú has sido el único que ha sabido mentirme de veras, me dijo con una sonrisa limpia en su carita. Mi personaje entonces se puso a llorar.

## 65. FUTILE

Los músicos ensayan por última vez en los camerinos. Stevens se prepara para salir. Una canción dedicada a Baltimore. ¿O a New Haven? «Yo no voy a morir aún»… «Otro día has de regalarme todas esas estrellas»… Este es el final del camino. Tu desesperación fue inútil. Besos de salitre. Olor a humo en la cabeza. ¿Pensaste que había luz? ¿Has oído cantar a Dulce Pontes? «Su voz me desarma»… Tu caja de herramientas en algún lugar que ya no existe fue digna de ser usada. Esta es la hora eidética. La hora donde todo el mundo observa una cancha de tenis y sigue de largo. Donde tristes camareras extraen dinero de cajeros automáticos y se repliegan para no morir. «Ahora pereces a causa de tu profesión: por ello voy a enterrarte con mis propias manos» (Nietzsche). La plaza está llena. El público espera con ansias el paso de la procesión. Los músicos y otros saltimbanquis. Atrás de la muchedumbre puede vérsele. Los demás que arriesguen. El tipo sabe rígido y frío que no hay manos allá afuera para su enterramiento. «Cada número 5 me atraviesa»… Decidí detener las misivas a Ana. Un rostro desolado en la procesión y abandoné la plaza. Stevens recién salía con su banda a completar el júbilo. Me pareció mientras corría bien lejos que empezaban con los primeros acordes de Futile Devices. El desempeño del bajista sin duda notable. «Alguien ha estado aquí y no ha percibido mi presencia»… Se iluminan las primeras luces del hotel. Todavía no llegan los burgueses hijos de papá. En el televisor abandonado están poniendo una película polaca de 1962. Plano medio de la simulación de autor intentando fútilmente tocar otra simulación en la pantalla. Última danza de un motivo azul sobre las piedras de un acantilado.

# 66. Epílogo

No sirve entender el hoy desde el hoy. Es necesario pensar el futuro para entender el hoy. (Sin embargo en este hoy ese pensar es imposible). Por otro lado no es natural temer al polvo cuando lo único que tienes es polvo (añadir esto). Quizás un día desearía, eso sí, entender la luz detrás de la luz. Y que no me falte el flujo sanguíneo y la fuerza después de la inquietante revolución que ya se anuncia oscura y victoriosa, para poder responder en ese entonces, lo mismo que el abate aquel ante la pregunta de si había hecho algo durante la revolución francesa: «Sobreviví a ella».

La Habana, agosto de 2017

# Catálogo Bokeh

Abreu, Juan (2017): *El pájaro*. Leiden: Bokeh.

Aguilera, Carlos A. (2016): *Asia Menor*. Leiden: Bokeh.

— (2017): *Teoría del alma china*. Leiden: Bokeh

Aguilera, Carlos A. & Morejón Arnaiz, Idalia (eds.) (2017): *Escenas del yo flotante. Cuba: escrituras autobiográficas*. Leiden: Bokeh.

Alabau, Magali (2017): *Ir y venir. Poesía reunida 1986-2016*. Leiden: Bokeh.

Alcides, Rafael (2016): *Nadie*. Leiden: Bokeh.

Andrade, Orlando (2015): *La diáspora (2984)*. Leiden: Bokeh.

Armand, Octavio (2016): *Concierto para delinquir*. Leiden: Bokeh.

— (2016): *Horizontes de juguete*. Leiden: Bokeh.

— (2016): *origami*. Leiden: Bokeh.

Aroche, Rito Ramón (2016): *Límites de alcanía*. Leiden: Bokeh.

Barquet, Jesús J. (2018): *Aguja de diversos*. Leiden: Bokeh.

Blanco, María Elena (2016): *Botín. Antología personal 1986-2016*. Leiden: Bokeh.

Caballero, Atilio (2016): *Rosso lombardo*. Leiden: Bokeh.

— (2018): *Luz de gas*. Leiden: Bokeh.

Calderón, Damaris (2017): *Entresijo*. Leiden: Bokeh.

Díaz de Villegas, Néstor (2015): *Buscar la lengua. Poesía reunida 1975-2015*. Leiden: Bokeh.

— (2015): *Cubano, demasiado cubano. Escritos de transvaloración cultural*. Leiden: Bokeh.

— (2017): *Sabbat Gigante. Libro primero: Hojas de Rábano*. Leiden: Bokeh.

— (2018): *Sabbat Gigante. Libro segundo: Saigón*. Leiden: Bokeh.

Díaz Mantilla, Daniel (2016): *El salvaje placer de explorar*. Leiden: Bokeh.

Fernández Fe, Gerardo (2015): *La falacia*. Leiden: Bokeh.

— (2015): *Notas al total*. Leiden: Bokeh.

Fernández Larrea, Abel (2015): *Buenos días, Sarajevo*. Leiden: Bokeh.

— (2015): *El fin de la inocencia*. Leiden: Bokeh.

Ferrer, Jorge (2016): *Minimal Bildung. Veintinueve escenas para una novela sobre la inercia y el olvido*. Leiden: Bokeh.

Gala, Marcial (2017): *Un extraño pájaro de ala azul*. Leiden: Bokeh.

Garbatzky, Irina (2016): *Casa en el agua*. Leiden: Bokeh.

García, Gelsys (2016): *La Revolución y sus perros*. Leiden: Bokeh.

García, Gelsys (ed.) (2017): *Anuncia Freud a María. Cartografía bíblica del teatro cubano*. Leiden: Bokeh.

Garrandés, Alberto (2015): *Las nubes en el agua*. Leiden: Bokeh.

Gómez Castellano, Irene (2015): *Natación*. Leiden: Bokeh.

Guerra, Germán (2017): *Nadie ante el espejo*. Leiden: Bokeh.

Gutiérrez Coto, Amauri (2017): *A las puertas de Esmirna*. Leiden: Bokeh.

Hernández Busto, Ernesto (2016): *La sombra en el espejo. Versiones japonesas*. Leiden: Bokeh.

— (2016): *Muda*. Leiden: Bokeh.

— (2017): *Inventario de saldos. Ensayos cubanos*. Leiden: Bokeh.

Hurtado, Orestes (2016): *El placer y el sereno*. Leiden: Bokeh.

Jesús, Pedro de (2017): *La vida apenas*. Leiden: Bokeh.

Kozer, José (2015): *Bajo este cien*. Leiden: Bokeh.

— (2015): *Principio de realidad*. Leiden: Bokeh.

Lage, Jorge Enrique (2015): *Vultureffect*. Leiden: Bokeh.

Lamar Schweyer, Alberto (2018): *Ensayos sobre poética y política. Edición y prólogo de Gerardo Muñoz*. Leiden: Bokeh, Colección Mal de archivo.

Marqués de Armas, Pedro (2015): *Óbitos*. Leiden: Bokeh.

Méndez Alpízar, L. Santiago (2016): *Punto negro*. Leiden: Bokeh.

Miranda, Michael H. (2017): *Asilo en Brazos Valley*. Leiden: Bokeh.

Morales, Osdany (2015): *El pasado es un pueblo solitario*. Leiden: Bokeh.

— (2018): *Zozobra*. Leiden: Bokeh.

Morejón Arnaiz, Idalia (2018): *Una artista del hombre*. Leiden: Bokeh.

Padilla, Damián (2016): *Phana*. Leiden: Bokeh.

Parra, Yoan Miguel (2018): *Burdeos*. Leiden: Bokeh.

Pereira, Manuel (2015): *Insolación*. Leiden: Bokeh.

Pérez Cino, Waldo (2015): *Aledaños de partida*. Leiden: Bokeh.

— (2015): *El amolador*. Leiden: Bokeh.

— (2015): *La isla y la tribu*. Leiden: Bokeh.

— (2016): *Dinámica del medio*. Leiden: Bokeh.

Ponte, Antonio José (2017): *Cuentos de todas partes del Imperio*. Leiden: Bokeh.

Portela, Ena Lucía (2016): *El pájaro: pincel y tinta china*. Leiden: Bokeh.

— (2016): *La sombra del caminante*. Leiden: Bokeh.

Quintero Herencia, Juan Carlos (2016): *El cuerpo del milagro*. Leiden: Bokeh.

Rodríguez Iglesias, Legna (2015): *Hilo + Hilo*. Leiden: Bokeh.

— (2015): *Las analfabetas*. Leiden: Bokeh.

Rodríguez, Reina María (2016): *El piano*. Leiden: Bokeh.

Sánchez Mejías, Rolando (2016): *Mecánica celeste. Cálculo de lindes 1986-2015*. Leiden: Bokeh.

Saunders, Rogelio (2016): *Crónica del decimotercero*. Leiden: Bokeh.

Starke, Úrsula (2016): *Prótesis. Escrituras 2007-2015*. Leiden: Bokeh.

Timmer, Nanne (2018): *Logopedia*. Leiden: Bokeh.

Valdés Zamora, Armando (2016): *La siesta de los dioses*. Leiden: Bokeh.

Villaverde, Fernando (2016): *Los labios pintados de Diderot*. Leiden: Bokeh.

— (2016): *La irresistible caída del muro de Berlín*. Leiden: Bokeh.

WINTER, Enrique (2016): *Lengua de señas*. Leiden: Bokeh.

WITTNER, Laura (2016): *Jueves, noche. Antología personal 1996-2016*.
    Leiden: Bokeh.

ZEQUEIRA, Rafael (2017): *El winchester de Durero*. Leiden: Bokeh.